AF300889

Benno Erdmann

Die Stellung des Dinges an sich in Kants Ästhetik und Analytic

Antigonos

Benno Erdmann

Die Stellung des Dinges an sich in Kants Ästhetik und Analytic

Unveränderter Nachdruck der Originalausgabe von 1873.

1. Auflage 2024 | ISBN: 978-3-38646-345-4

Antigonos Verlag ist ein Imprint der Outlook Verlagsgesellschaft mbH.

Verlag: Outlook Verlag GmbH, Zeilweg 44, 60439 Frankfurt, Deutschland, info@outlook-verlag.de
Vertretungsberechtigt: E. Roepke, Zeilweg 44, 60439 Frankfurt, Deutschland
Druck: Libri Plureos GmbH, Friedensallee 273, 22763 Hamburg, Deutschland

Das[*]) Problem, welches der kantischen Erkenntnisstheorie zu Grunde liegt, ist ein Schluss aus der Behauptung,
dass es notwendige und allgemeingiltige synthetische Urteile
in unserer Erkenntniss giebt, und der Voraussetzung, dass
Erfahrungsurteile weder notwendig noch allgemeingiltig sein
können. Denn aus diesen Prämissen ergiebt sich, dass jene
Urteile nicht Erfahrungsurteile sein können, d. h. dass sie
a priori sein müssen. Es entsteht so die Grundfrage der
Kritik: Wie sind synthetische Urteile *a priori* möglich?
Die Major enthält eine Behauptung, deren formale Berech-
tigung die Einleitung der Kritik durch die „metaphysische"
Unterscheidung der Urteile in analytische und synthetische
giebt. In der Minor liegt eine Voraussetzung, welche die
vorkantische Philosophie wohl niemals bestritten hatte. Das
Problem wird gelöst durch den Nachweis, dass jene Notwendigkeit und Allgemeinheit durch die Existenz apriori-
scher Formen der Erfahrung verständlich werde.

Der transcendentalen Aesthetik fällt die Aufgabe zu,
diese Apriorität für die Formen der sinnlichen Anschauung
zu erweisen. Ist dieser Beweis gewonnen, so ist, wie Kant
mehrfach ausführt, der Schluss unvermeidlich, dass alle
unsere Vorstellungen, sowohl diejenigen, welche „durch den
Einfluss äusserer Dinge", als auch diejenigen, welche „durch

---

[*]) Das nachstehend Gedruckte ist ein Auszug aus einer
Abhandlung über Kant's Lehre vom Ding an sich, die in Kurzem
im Buchhandel erscheinen wird. — Die Citate beziehen sich auf
die neue Gesammtausgabe Kant's von Hartenstein 1867.

innere Ursachen gewirkt worden sind" (567), Erscheinungen sind oder solche betreffen. Die Aesthetik giebt hierfür einen indirecten Beweis, dem sich in der zweiten Auflage ein directer beigesellt.

Der Gang des ersteren ist folgender. Wären die Gegenstände unserer Erkenntniss die Dinge an sich, so könnten wir von ihnen keine Vorstellung *a priori* haben. Denn wollten wir diese Vorstellungen von den Dingen nehmen, so wären sie empirisch (584; 576, IV. 31). Wollten wir sie aus uns selbst nehmen, so würden wir nicht erkennen können, dass das Ding an sich dem Gegenstande unserer Vorstellungen seiner Beschaffenheit nach gleich wäre (584, vgl. 600; II. Aufl. p. 75). Denn wir können uns doch nur auf die Vorstellung stützen, die in uns ist (604); durch diese aber können „weder absolute noch relative Bestimmungen vor dem Dasein der Dinge, welchen sie zukommen, mithin nicht *a priori*" (61) angeschaut werden. — Diesen wichtigen Beweis müssen wir genauer erwägen; derselbe ist offenbar unzulänglich. Der zweite Beweisgrund widerspricht der Voraussetzung, welche annahm, dass unsere Vorstellungen die Dinge an sich geben. Was bewiesen werden sollte, dass Vorstellungen *a priori* unter dieser Voraussetzung unmöglich werden, wird zum Beweise benutzt. Derselbe enthält eine *petitio principii*. Kant hätte vielmehr mit einer oft citirten Bemerkung der zweiten Auflage fortfahren müssen. Denn die Vorstellungen *a priori*, die wir bei jener Voraussetzung, wenn kein anderer Grund hinzuträte, sehr wohl haben könnten, würden jenes „Präformationssystem" (135) bedingen, gemäss dem die Vorstellungen, die aus den „subjectiven uns mit unserer Existenz zugleich eingepflanzten Anlagen zum (Anschauen und) Denken entsprängen", den Formen und Gesetzen der Dinge an sich entsprechen würden. Der besprochene Beweisgrund lehrt uns noch eins. Er zeigt, dass für Kant Apriorität und ausschliessliche Subjectivität unzer-

.trennlich verknüpft waren. Es geht dies schon aus jener Behauptung für sich hervor; es wird bestätigt durch den Umstand, dass dieselbe in dieser Weise fehlerhaft verwendet werden konnte.

Der directe Beweis der Aesthetik, den die zweite Auflage als eine Bestätigung der Theorie von der Idealität der Sinnlichkeit angeführt (p. 76 vgl. p. 239), stützt sich auf den allgemeinen Gedanken, dass, da unsere Erkenntniss aus einer Wechselwirkung zwischen dem Dinge an sich und unserem Ich entspringt (p. 76), es keinen Sinn hat, einzelne Factoren derselben auch dem Dinge, abgesehen von diesem Verhältniss, zuzuschreiben. Derselbe ist so wenig stichhaltig, wie der erste. Er wäre es nur, wenn Kant zweifellos bewiesen hätte, dass alle Momente der Erscheinung aus jenem Wechselverhältniss entspringen, dass sie nicht auch solche enthält, welche die Möglichkeit derselben bedingen und deshalb beiden Gliedern für sich zukommen müssen.

Der indirecte Beweis aus den Autinomieen kann erst später gewürdigt werden. Selbst also, wenn wir die erwähnten Prämissen des Systems unbezweifelt lassen, erscheint uns die Consequenz der Aesthetik, dass alle unsere Vorstellungen nur Erscheinungen sind oder solche betreffen, nichts weniger als sicher; wir wollen jedoch auch diese gelten lassen. Wir können sie uns in doppelter Form verdeutlichen, sowohl in Bezug auf den Gegenstand unserer Vorstellungen, als auch in Bezug auf die objective Giltigkeit der apriorischen Formen der Sinnlichkeit.

In erster Beziehung können wir sagen: Wenn wir die Dinge nur anschauen, wie sie uns erscheinen, nicht wie sie an sich sind, so müssen wir unsere Anschauung von ihnen, d. i. die Erscheinung, von ihnen selbst als Dingen an sich unterscheiden. Wir gewinnen so den Gegensatz zwischen Erscheinung und Ding an sich, empirischem und transcendentalem Object, Phänomenon und Noumenon. — Die zweite Form der Verdeutlichung lässt sich durch folgende Definitionen gewinnen. Die Realität der reinen Formen unserer Sinnlichkeit ist die objective Giltigkeit derselben (62). Gemäss dem doppelten Begriffe des Objects ist diese Realität empirisch, insofern jene Formen für das Gebiet der Erscheinungen giltig sind; sie würde transcendental werden, wenn dieselben sich auch auf Dinge an sich beziehen könnten (63, 68). Erstere ist subjectiv (69), da die Erscheinungen ihrem Inhalte wie ihrer Form nach lediglich Modificationen unseres Gemüts sind. Letztere ist aus dem entsprechenden Grunde objectiv (78); sie ist absolut (68, 69), insofern sie den reinen Anschauungen neben ihrer Anwendung auf die Erscheinungen auch Anwendung auf die Dinge an sich, damit also auf alle Objecte überhaupt, gestatten würde. Auf Grund dieser Definitionen nun können wir sagen: die Aesthetik lehrt die empirische Realität der Formen der Sinnlichkeit, sie negirt die transcendentale oder absolute, oder: sie behauptet die empirische Realität derselben, zugleich aber auch ihre transcendentale Idealität.

Das bisher Ausgeführte lässt uns den wahren Sinn der kantischen Behauptung, dass die Gegenstände unserer möglichen Erfahrung nichts als Erscheinungen sind, verstehen. Es ist leicht erkennbar, dass die transcendentale Aesthetik den Gegensatz zwischen Erscheinung und Ding an sich nicht dadurch gewinnt, dass sie durch die apriorischen Bedingungen der Sinnlichkeit zu dem Begriff der Erscheinungen geführt wird, und dann aus diesem auf ein Ding an sich schliesst. Sie führt denselben vielmehr offenbar dadurch ein, dass sie die Existenz des Dinges an sich voraussetzt und den Begriff der Erscheinung aus dem unter dieser Voraussetzung gebildeten Begriff der Erkenntniss herleitet.

Wir müssen jetzt zweitens die Frage beantworten, welche Stellung hat das Ding an sich zu den Problemen der Analytik? Dieselbe ergiebt sich am klarsten aus den beiden Begriffen der Realität, welche die Analytik aufweist. Der erste derselben correspondirt dem Begriffe der Realität, den die Aesthetik besitzt; der zweite bezieht sich auf die Existenz der Gegenstände unserer Erkenntniss.

Wir beginnen mit dem ersteren. Kant definirt die „objective Realität" der apriorischen Verstandesformen als die Beziehung derselben auf einen Gegenstand (151, 573, 179, 119), d. i. das empirische Object. (Die Beziehung auf das transcendentale wird sich als unmöglich erweisen.) Dieses Object kann ein wirkliches oder ein mögliches sein. Denn jene Beziehung trifft beide in gleicher Weise. Kant sagt daber auch (194), unsere Begriffe *a priori* sind objectiv real, wenn sie auf mögliche Dinge gehen, oder wenn der Gegenstand, der durch den Begriff gedacht wird, möglich ist." — Der Unterschied dieser „objectiven Realität" der Kategorieen von der „subjectiven Realität" der reinen Anschauungen ist ebenso deutlich, wie ihre Correspondenz. Sie entsprechen einander, insofern der Begriff der Aesthetik auf die Erscheinung, der Begriff der Analytik auf das empirische Object geht. Sie unterscheiden sich, insofern der erste nach der „Anwendung" der apriorischen Formen auf diesen Gegenstand, der letztere nach ihrer „Beziehung" zu demselben fragt; der eine also geht auf die Thatsache, der andere forscht nach den Gründen ihrer Möglichkeit. Der psychologische Sinn der Beziehung auf einen Gegenstand ist nach Kant folgender. Die Empfindung ist für sich keine objective Grösse, sie ist raum- und zeitlos (159), also ungeordnet und formlos (56). Sie erhält eine objective Bedeutung erst durch die Aufnahme in die Formen der Sinnlichkeit, Raum und Zeit. Raum aber und Zeit sind für sich blosse Formen, und enthalten noch keine Verbindung des Mannigfaltigen (128). Diese Verbindung bringt erst der Verstand hervor, indem er den inneren Sinn und damit jene beiden

Formen afficirt. Diese Affection wird bewirkt durch die transcendentale Synthesis desselben. Die Empfindung also ist für sich eine formlose Vorstellung; sie wird geformt erst durch die Kategorieen in der Synthesis des spontanen Verstandes gemäss den reinen Anschauungen der Sinnlichkeit. Aus dieser Lehre, deren psychologischen Wert wir unerörtert lassen, ersehen wir für den vorliegenden Zweck ein Doppeltes. Es folgt aus derselben erstens, dass die Erklärung der Beziehungsfähigkeit für die Formen der Sinnlichkeit dieselbe sein muss, wie für die Formen des Verstandes. Denn für beide Arten wird sie vermittelt durch die Synthesis. Ein Unterschied besteht nur darin, dass die Kategorieen in jener Synthesis enthalten sind, die Formen der Sinnlichkeit dagegen erst durch die Affection des inneren Sinns zur Bildung des Gegenstandes fähig werden. Es ergiebt sich hieraus zweitens, dass die Frage, wann haben unsere Kategorieen objective Realität d. i. Beziehung auf einen (möglichen) Gegenstand, eine zweifache Antwort erfordert. Jene Kategorieen müssen beziehungsfähig, das Mannigfaltige des Gegenstandes muss gegeben sein.

Diese Folgerung ist deshalb wichtig, weil sie uns den richtigen Gesichtspunkt bietet für das Verständniss der Deduction, welche den ersten Teil dieser Beantwortung zu geben hat. Denn die transcendentale Deduction ist, „die Erklärung der Art, wie sich Begriffe *a priori* auf Gegenstände beziehen können." Das Spätere erfordert, dass wir die Grundzüge derselben darstellen. Dieselben sind folgende: „Dass ein Begriff völlig *a priori* erzeugt werden und sich auf einen Gegenstand beziehen solle, obgleich er weder selbst in den Begriff möglicher Erfahrung gehört, noch aus Elementen einer möglichen Erfahrung besteht, ist gänzlich widersprechend und unmöglich" (565). Jene Begriffe müssen also mit der Erfahrung in irgend welchem Zusammenhang stehen. Ein solcher wird nur dadurch möglich, dass dieselben die

Bedingungen *a priori* zu einer möglichen Erfahrung enthalten (565). Dies tritt ein, wenn sie die Verhältnisse der Wahrnehmungen in jeder Erfahrung *a priori* ausdrücken, wenn sie Principien der Form der Erfahrung *a priori* sind (194, 152). Demnach ist es ihre Aufgabe, das Mannigfaltige unserer Vorstellungen in bestimmten Formen zu vereinigen. Jede Vereinigung der Vorstellungen erfordert Einheit des Bewusstseins in der Synthesis derselben (118). Mit Bezugnahme hierauf können wir von den Kategorieen sagen, sie enthalten nichts weiter, als was zur synthetischen Einheit der Erfahrung überhaupt nothwendig ist. (152). Die Beziehung derselben auf einen Gegenstand besteht deshalb in dieser Vereinigung eines gegebenen Mannigfaltigen (572, 128). Da dieselbe im letzten Grunde durch die synthetische Einheit unseres Bewusstseins bedingt ist, können wir sagen: Die Einheit des Bewusstseins ist dasjenige, was allein die Beziehung der Vorstellungen auf einen (gegebenen) Gegenstand, mithin ihre objective Realität ausmacht. (118).

Die Deduction beantwortet jedoch nur den einen Teil der Frage, die wir uns eben vorlegten. Sie erklärt zwar die Beziehungsfähigkeit der Vorstellungen *a priori*, jedoch nur in Hinsicht auf die Form; sie setzt den Stoff, das Mannigfaltige der Anschauung, als gegeben voraus.

Wir wollten auch diese Bedingung, die nur in zerstreuten Bemerkungen von Kant erörtert wird, näher entwickeln. Ein Gegenstand kann uns nur dadurch gegeben werden, dass er uns afficirt (55), d. i. eine Handlung auf das passive Subject ausübt (128). Die Sinnlichkeit, als Vermögen durch die Art, wie wir von Gegenständen afficirt werden, Vorstellungen zu bekommen, ist es also, durch welche uns Gegenstände gegeben werden können und zwar sie allein (52, 55, 81). Sie giebt uns dieselben in der Anschauung (111, 117, 124, 221 IV 37). Nicht also das Ding an sich, sondern nur dessen Erscheinung kann uns gegeben werden (339,

399). Einen Gegenstand geben bedeutet daher: ihn unmittelbar in der Anschauung darstellen, oder, seine Vorstellung auf Erfahrung, es sei wirkliche oder doch mögliche, beziehen (151). Unsere Anschauung ist jedoch entweder rein oder empirisch. Ein Gegenstand kann uns deshalb sowohl *a priori*, wie *a posteriori* gegeben werden. *A priori* kann derselbe in doppelter Weise gegeben werden. Erstens, wenn das Mannigfaltige desselben in der reinen Anschauung dargestellt ist (99). Solche Gegenstände bietet uns die Mathematik; sie giebt dieselben in ihrer Construction (195 VI f. 7). Er ist ferner *a priori* gegeben, sofern er blos möglich ist. Denn wir können die Möglichkeit der Dinge erkennen, ohne Erfahrung selbst vorauszuschicken; es genügt dazu die Beziehung auf die formalen Bedingungen, unter welchen in ihr überhaupt etwas bestimmt wird (196). Jeder blos mögliche Gegenstand ist also *a priori* gegeben.

Der Gegenstand kann zweitens *a posteriori* gegeben sein. Es geschieht dies durch die empirische Anschauung, in der uns Gegenstände durch die Empfindung, vor der Synthesis des Verstandes und unabhängig vor ihr (123) gegeben werden. Für die äussere Erfahrung ist diese Art des Gegebenseins sogar die einzige Bedingung der objectiven Realität unserer Vorstellungen (in stofflicher Hinsicht). Denn die apriorischen Gegenstände der reinen Anschauung so wie die apriorischen Gegenstände der möglichen Erfahrung weisen gleich sehr auf die empirische Anschauung zurück (211, 124). Wir können deshalb sagen, die empirische äussere Anschauung ist die Bedingung der objectiven Realität der Kategorieen (205, 211, 236. 240). Hiermit ist die Frage, die wir uns oben vorlegten, vollständig beantwortet. Die Möglichkeit der Beziehung der Kategorieen auf Gegenstände ist in formeller wie in materieller Hinsicht dargetan. Die Beziehungsfähigkeit der bestimmenden Kategorieen, wie das Gegebensein des bestimmbaren Gegenstandes ist erklärt (9).

Eine eingehende kritische Erörterung des soeben Ausgeführten liegt nicht im Plane dieser Arbeit. Folgendes mag genügen. Kant trennt die beiden Antworten auf die Frage nach der Beziehungsfähigkeit der Kategorieen so vollständig, dass ein näherer Hinweis auf ihre Zusammengehörigkeit als der, welcher in dem Gedanken selbst liegt, sich nirgends in der Kritik findet. Es ist dies zwar erklärlich, teils aus dem überwiegenden Interesse, das der formale Teil der Antwort für ihn hatte, teils aus seinem Vorurteil in Betreff der Apriorität der Deduction, es erscheint jedoch um so weniger gerechtfertigt, als die Klarheit des Gedankens unter dieser Entzweiung offenbar gelitten hat. Die Behauptung z. B., dass das Mannigfaltige der Anschauung vor der Synthesis des Verstandes und unabhängig von ihr gegeben wird, verträgt sich nicht mit der anderen, dass dasselbe in der empirischen Anschauung gegeben werde. Denn diese enthält, wie wir oben sahen, jene Synthesis bereits in sich. Die Formel: in der empirischen Anschauung ist der Gegenstand gegeben, hätte deshalb als die beide Momente der Antwort in sich fassende Bedingung der objectiven Realität hingestellt werden müssen. Noch aus einem anderen Grunde wird die Unzweckmässigkeit dieser Trennung offenbar. Diesen bieten uns die zerstreuten Bemerkungen über den Grundsatz der Beharrlichkeit der Substanz.

Die erste Analogie der Erfahrung führt aus, dass das Beharrliche das Substrat der empirischen Vorstellung der Zeit sei, dass also an ihm alle Zeitbestimmung erst möglich werde (170 ff.). Es folgt daraus, dass Substanzen (in der Erscheinung) die Substrate aller Zeitbestimmungen sind (173). Damit ist gesagt, dass die „Beharrlichkeit eine nothwendige Bedingung ist, unter welcher allein Erscheinungen, als Dinge oder Gegenstände, in einer möglichen Erfahrung bestimmbar sind." (173). „Das empirische Kriterium dieser notwendigen Beharrlichkeit und mit ihr der Substantialität der

Erscheinungen" ist die beharrliche „äussere Anschauung, also das, wodurch allein der Gegenstand gegeben wird" (II. Aufl. 281); die Materie also ist es, die wir dem Begriffe der Substanz als äussere Anschauung unterlegen (II. Afl. 199). Diese Bemerkungen, welche eine weitere Bestätigung der obigen Erörterung über das Gegebensein enthalten, zeigen den Zusammenhang der beiden Antworten so deutlich, dass die Tatsache ihrer Trennung durch die Kritik um so befremdlicher wirkt. Es ist ferner nicht ersichtlich, weshalb die Deduction diese Bemerkungen unverwertet gelassen hat.

Der nächste Zweck dieser Erörterung des zweiten Begriffes der Realität ist es, uns den Begriff des transcendentalen Gebrauchs zu verdeutlichen. Wir setzten mit Kant voraus, dass aller Stoff unserer Vorstellungen lediglich „Modification unseres Gemütes" sei, wir nehmen ferner an, dass die Aesthetik die transcendentale Idealität von Zeit und Raum erwiesen habe. Es ergiebt sich aus der letzten Erörterung, dass auch die Kategorieen lediglich für das Gebiet der Erscheinungen Giltigkeit haben. Es ergiebt sich dies folgendermassen. Wie in der Aesthetik die transcendentale Realität der Formen der Sinnlichkeit gegenübersteht der allein möglichen empirischen Realität, so verhält sich in der Analytik der transcendentale Gebrauch der Kategorieen zu dem allein möglichen empirischen oder objectiv realen. Der empirische Gebrauch der Kategorieen geht nach dem Obigen blos auf Erscheinungen d. i. auf Gegenstände einer möglichen Erfahrung, denn nur in dieser kann das Mannigfaltige der Vorstellung gegeben werden. Ein transcendentaler Gebrauch dagegen wäre derjenige, der sich über die Erfahrungsgrenze hinaus auf Dinge überhaupt und an sich selbst beziehen würde (211, vgl. 212, 246). Derselbe ist unmöglich, da ihm kein Mannigfaltiges zur Beziehung gegeben werden kann (211, 215). Ohne dieses haben unsere Kategorieen daher gar keine objective Giltigkeit, sondern sind

„ein blosses Spiel, es sei der Einbildungskraft oder des Verstandes“ (211). Der transcendentale Gebrauch ist also völlig leer an Inhalt „ob er gleich noch immer die logische Function enthalten mag, aus etwaigen datis einen Begriff zu machen“ (211). Er ist also in der That „gar kein Gebrauch und hat keinen bestimmten oder auch nur der Form nach bestimmbaren Gegenstand“ (215); kurz „er hat gar keinen Sinn“ (211). Diese nach den Grundsätzen der Analytik allein. mögliche Consequenz wird jedoch in der Kritik durch eine beachtenswerte Vermischung getrübt. Sie ist in dem eben Angeführten bereits angedeutet. Der transcendentale Gebrauch geht auf „Dinge überhaupt“. Diese aber sind die Dinge „insofern wir keine Rücksicht auf die Art nehmen, wie wir sie anschauen“ (215). Dinge überhaupt und Dinge an sich sind aber identisch; denn „ist die Art der Anschauung auf keine Weise gegeben, so ist der Gegenstand blos transcendental, und der Verstandesbegriff hat keinen andern als transcendentalen Gebrauch“ (215). Der transcendentale Gebrauch ist daher der Gebrauch der Kategorieen, abgesehen von der Art der Anschauung — er ist gleich dem reinen Gebrauch. Er geht auf „die Einheit des Denkens eines Mannigfaltigen überhaupt“ (215). Als reiner Gebrauch ist er allerdings auch ohne Beziehung auf irgend ein Object (240), auch durch ihn wird kein Object bestimmt, „sondern nur das Denken eines Objects überhaupt nach. verschiedenen *modis* ausgedrückt“ (215). Aber, „da unser Denken von jeder Sinnlichkeit abstrahiren kann“, so ist der reine Gebrauch doch (logisch) möglich, d. i. ohne Widerspruch, wenn schon er keine objective Giltigkeit hat (218). Diese Vermischung giebt dem transcendentalen Gebrauch eine Zwitterstellung, welche die transcendentale Idealität der sinnlichen Formen nicht besitzt; zu welch gefährlichem Spiel sie in der ersten Auflage Veranlassung giebt, wird sich später zeigen. Dass dieselbe durchaus unzulässig ist, geht genügend schon daraus hervor, dass der transcendentale Gebrauch als solcher unmöglich, d. i. in sich widersprechend ist, dass er als reiner dagegen möglich, d. i. ohne Widerspruch sein soll. Ueberdies ist auch die letztere Behauptung, dass der reine Gebrauch (logisch) möglich sei, mit den strengeren Grundsätzen der Deduction unvereinbar, nicht einmal eine „transcendentale Bedeutung" desselben ist verständlich. Das Ganze zeigt unzweideutig, dass wir es hier mit einer doppelten Nachwirkung des leibnitzischen Dogmatismus zu tun haben. Die Behauptung, dass ein reiner Gebrauch der Kategorieen möglich sei, deutet zurück auf die selbständige Stellung, welche die Vernunft durch die angeborenen Ideen der Sinnlichkeit gegenüber bei Leibnitz und Wolff einnahm. Die damit verbundene Behauptung, dass das „Ding überhaupt" des reinen Verstandesgebrauches, das Ding an sich sei, — eine Amphibolie der Reflexionsbegriffe, denn der reine Gebrauch ist, wenn überhaupt möglich, nur ein versteckter empirischer — weist zurück auf die leibnitzische Annahme, der Verstand erkenne in den Monaden das wahre Wesen der Dinge.

Noch eine andere Consequenz müssen wir aus den obigen Entwicklungen der Deduction und des Gegeben-seins ziehen. Wenn, wie wir teils voraussetzten, teils bewiesen, sowohl der mannigfaltige, bestimmbare Stoff unserer Vorstellungen, als auch die bestimmenden Formen derselben lediglich subjectiver Natur sind, so entsteht die Frage: „Wie kommen wir dazu, dass wir diesen Vorstellungen ein Object setzen, oder über ihre subjective Realität, als Modificationen, ihnen noch, ich weiss nicht, was für eine objective beilegen"? (179) Wie kommen wir mit anderen Worten zu dem Begriffe des empirischen Gegenstandes? Die Antwort liegt in der Deduction. Nur auf eine Weise ist es möglich; wir müssen „das, was in der Appretension liegt, als Vorstellung", dagegen „die Erscheinung, die gegeben ist, obgleich sie

nichts weiter als ein Inbegriff dieser Vorstellungen ist, als
den Gegenstand derselben“ (176) betrachten. Wir können
dies dann, „wenn die Vorstellung unter einer Regel steht,
die sie von jeder anderen Apprehension unterscheidet, und
eine Art der Verbindung des Mannigfaltigen notwendig
macht“ (176). Wir können deshalb sagen, diese Beziehung
unserer Vorstellungen bedeutet nichts weiter, als dass die
Verbindung derselben auf gewisse Art notwendig ist; ebenso
wie umgekehrt unseren Vorstellungen nur dadurch objective
Bedeutung erteilt wird, dass eine gewisse Ordnung in dem
Zeit-Verhältnisse derselben notwendig ist (179). Dies
alles wird unmittelbar deutlich, wenn wir uns erinnern,
dass die Kategorieen es sind, welche in der Synthesis das
Mannigfaltige den Formen der Sinnlichkeit gemäss ordnen.
Das empirische Object ist daher ein Complex von Vorstellungen, „sofern dieselben in den Verhältnissen des Raumes
und der Zeit nach Gesetzen der Einheit der Erfahrung verknüpft und bestimmbar sind“ (349), oder, wie die zweite
Auflage sich präciser ausdrückt: „ein Object ist das, in dessen Begriff das Mannigfaltige einer empirischen Anschauung
vereinigt ist“ (118). Wir müssen hier noch etwas verweilen.
Der Begriff des Objects ist in der ersten Auflage so gefasst,
dass jede Wahrnehmung, noch offenbarer jedes auf Wahrnehmungen bezügliche Urteil die Tätigkeit der Synthesis erfordert und dadurch die Kategorieen in Tätigkeit setzt. Derselbe Gedanke ist in den Prolegomenen sowie in der zweiten Auflage zwar festgehalten, daneben aber wird durch die
Unterscheidung der Wahrnehmungs- und Erfahrungs-Urteile
(IV 47 ff; IIte Aufl. 121) eine Trennung vorgenommen, die
zwar eine Tatsache des Bewusstseins behandelt, doch in vol-
len Widerspruch gegen die Principien der Analytik sich befindet. Wenngleich Kant an letzterer Stelle gegen eine solche
Interpretation Einsprache erhebt, so spricht der übrige Theil

der Analytik doch zu deutlich, als dass wir jener Versicherung Glauben schenken können. Der Begriff des empirischen Gegenstandes macht uns ferner möglich, das Verhältniss zwischen ihm und der Erscheinung zu bestimmen. Wie die Aesthetik den Begriff der Erscheinung fixirt, so sichert die Analytik den des empirischen Objects. Die Erscheinung ist das empirische Object, abgesehen von den Functionen des Verstandes, die in ihr enthalten sind; das empirische Object ist die Erscheinung, insofern hauptsächlich jene formenden Mächte des Verstandes betrachtet werden. Die Erscheinung ist der unbestimmte Gegenstand der empirischen Anschauung; das empirische Object ist der allgemein bestimmte Gegenstand derselben. Der Verstand also ist nach einem treffenden Ausdruck Jacobis das Princip der Individuation des Sinnlichen. Noch eine dritte Folgerung muss uns beschäftigen. Das empirische Object weist auf ein transcendentales, wie die Erscheinung auf ein Ding an sich. Der (empirische) Gegenstand kann uns nur dadurch gegeben werden, dass er (der transcendentale) uns afficirt (55). Dies wird folgendermassen deutlich. Die Empfindung ist „die Wirkung eines Gegenstandes auf die Vorstellungsfähigkeit, sofern wir von demselben afficirt werden" (55); sie setzt also die wirkliche Gegenwart des Gegenstandes voraus (81). An anderen Stellen ist die erste Auflage vorsichtiger. „Es könnte allerdings gesagt werden, dass Dinge an sich existiren" (348). „Wir können die blos intelligible Ursache der Erscheinungen das transcendentale Object nennen, blos damit wir etwas haben, was der Sinnlichkeit als einer Receptivität correspondirt" (349); „wir können sagen, dass es an sich selbst gegeben sei" (349). Aehnlich noch oft. (389, 600, 601, 606, 607). Wir ersehen hieraus, dass auch die Analytik, wenngleich weniger sicher als die Aesthetik die Existenz des Dinges an sich resp. des transcendentalen Objects voraussetzt, dass aber keine von beiden sie beweist. Wir sehen

zugleich, dass diese Voraussetzung keine für die Entwickelung des Systems gleichgiltige ist; sie trifft vielmehr den
Nerv desselben — sie ist die letzte Bedingung der empirischen Realität der sinnlichen Formen, wie der objectiven
Realität der Kategorieen. Ohne den bestimmbaren Stoff der
empirischen Anschauung haben die reinen Anschauungen
keine Anwendung auf Erfahrung, haben die Kategorien keinen
Sinn. Zugleich aber bemerken wir ein wunderliches Di-
lemma. So notwendig die Existenz eines transcendentalen
Objects von der Analytik gefordert wird, so bietet sie doch,
so weit wir bis jetzt sehen können, keinen Weg, auf dem
wir dasselbe erreichen könnten. Denn Realität, Dasein,
Causalität sind Kategorieen, die keinen transcendentalen, auf
Dinge an sich bezüglichen Gebrauch zulassen. Wir sind
deshalb durch dieselbe Analytik, welche in ihrer Grund-
Voraussetzung die Existenz derselben fordert, gezwungen,
ihnen Realität, Dasein, Causalität abzusprechen, ohne dass
sie uns überdies erlaubt, Unmöglichkeit oder Nichtsein von
ihnen zu prädiciren; auch diese haben nur empirischen Gebrauch.

Diese Schwierigkeit kommt in der ersten Auflage zu
einem höchst beachtenswerten, vielfach missverstandenen
Ausdruck; sie veranlasst eine andere Wendung der Antwort
der Deduction, welche sich neben dem oben entwickelten
Gedankengang findet. Dieselbe wird dadurch hervorgerufen,
dass nicht die Voraussetzung eines den Stoff unserer Vorstellungen erregenden transcendentalen Objects, sondern die
Erörterung einer wichtigen erkenntnisstheoretischen Forderung, welcher der Begriff desselben genügen muss, zur Beantwortung des Problems der Deduction benutzt wird. Kants
Erörterung in der ersten Bearbeitung der Deduction beginnt
mit dem Begriffe des Gegenstandes. Da alle unsere Vorstellungen nur Erscheinungen sind oder solche betreffen, so
können sie nicht zugleich Gegenstände sein, die an sich

ausser unserer Vorstellungskraft existiren. Es entsteht daher die Frage, welchen Sinn es hat von einem „der Erkenntniss correspondirenden, mithin auch davon unterschiedenen Gegenstande zu reden (570)." Kant antwortet: „Es ist leicht einzusehen, dass dieser Gegenstand nur als etwas überhaupt = x müsse gedacht werden, weil wir ausser unserer Erkenntniss doch nichts haben, welches wir dieser Erkenntniss als correspondirend gegenüber setzen könnten" (570). Der reine Begriff von diesem transcendentalen Gegenstande (der wirklich bei allen unsern Erkenntnissen einerlei = x ist) ist das, was allen unsern empirischen Begriffen überhaupt Beziehung auf einen Gegeustand, d. i. objective Realität verschaffen kann" (573). Der Gedanke nun von .der Beziehung aller unserer Erkenntniss auf ihren Gegenstand führt „etwas von Nothwendigkei" bei sich; der Gegenstand ist dasjenige „was dawider ist, dass alle unsere Erkenntnisse nicht auf's Geratewohl oder beliebig, sondern *a priori* auf gewisse Weise bestimmt seien, weil, indem sie sich auf einen Gegenstand beziehen sollen, sie auch notwendigerweise in Beziehung auf denselben untereinander übereinstimmen, d. i. diejenige Einheit haben müssen, welche den Begriff von einem Gegenstande ausmacht" (570). „Es ist aber klar, dass, da wir es nur mit dem Mannigfaltigen unserer Vorstellungen zu tun haben, und jenes x, was ihnen correspondirt (der Gegenstand), für uns nichts ist, die Einheit, welche der Gegenstand notwendig macht, nichts Anderes sein könne, als die formale Einheit des Bewusstseins in der Synthesis des Mannigfaltigen der Vorstellungen" (571). Also ist „der Begriff dieser Einheit die Vorstellung vom Gegenstande = x", den ich durch meine Vorstellungen bestimme. Etwas anders argumentirt die „richtigere Bestimmung" des Gegenstandes auf p. 573. Sie sucht zu zeigen, dass das transcendentale Object von uns nicht mehr augeschaut werden kann und schliesst hieraus, „dass es nichts Anderes als die-

jenige Einheit betreffen wird, die in einem Mannigfaltigen
der Erkenntniss angetroffen werden muss, sofern es in Beziehung auf einen Gegenstand steht. Diese Beziehung aber
ist nichts Anderes, als die notwendige Einheit des Bewusstseins, mithin auch der Synthesis des Mannigfaltigen. „Da
nun diese Einheit als *a priori* notwendig angesehen werden
muss (weil die Erkenntniss sonst ohne Gegenstand sein
würde), so wird die Beziehung auf einen transcendentalen
Gegenstand, d. i. die objective Realität unserer empirischen
Erkenntniss auf dem transcendentalen Gesetze beruhen, dass
alle Erscheinungen, „sofern uns dadurch Gegenstände gegeben werden sollen, unter Regeln *a priori* der synthetischen
Einheit derselben stehen müssen." Dass diese Beweise ein
Ausdruck der Schwierigkeit sind, welche der Begriff des
transcendentalen Gegenstandes mit sich führt, ist leicht ersichtlich. Sie haben den Zweck, die Consequenz der Analytik, dass das transcendentale Object für uns nichts sei,
mit der erkenntnisstheoretischen Forderung zu vereinigen,
dass dasselbe unseren Vorstellungen objective Realität gebe.
Die Art der Vereinigung ist für die erste Auflage — die
ganze Stelle fehlt in den späteren Ausgaben — äusserst
charakteristisch. Sie weist zurück auf Berkeley, wie sie
auf Fichte hindeutet. Sie eliminirt das transcendentale Object, da es für uns nichts ist, indem sie die Einheit des Bewusstseins dafür substituirt. Die wichtige Rolle. welche dasselbe für die objective Realität unseres Erkennens spielt,
fällt zurück in unser Subject. Es wird selbst der Weg angedeutet, der uns dazu führt, hinter unsere Vorstellungen ein
transcendentales Object zu setzen. Die Beziehung unserer
Erkenntniss auf dasselbe beruht auf der Einheit des Bewusstseins. Hier liegt der Keim zu dem absoluten Ich Fichtes,
das in sich dem teilbaren Ich ein teilbares Nichtich entgegensetzt. In die Augen springend ist ferner der Unterschied
zwischen diesen Beweisen und dem sonstigen Inhalt der De-

duction. Dort ist die Einheit der Apperception zwar der letzte Grund für die Beziehungsfähigkeit unserer Vorstellungen — aber auf das gegebene Mannigfaltige des empirischen Objects; dass dieses Mannigfaltige durch ein transcendentales gegeben sei — wird vorausgesetzt. Hier erklärt sie die Beziehung auf das transcendentale Object, indem sie sich für dasselbe einsetzt, dasselbe sich dann — es geht doch unserm Bewusstsein nicht ganz verloren — aus absoluter Machtvollkommenheit entgegensetzt. Hiermit ist nicht etwa nur jene Voraussetzung dazu bewiesen; das transcendentale Object bleibt etwas von unserer Erkenntniss Verschiedenes. Es wird aber nun nicht trotzdem als existirend vorausgesetzt, sondern es wird geschlossen, dass es deshalb für uns nichts sei, und hieraus wird gefolgert, dass sein Begriff gleich der Vorstellung der Einheit des Bewusstseins sei! Dieser Unterschied zeigt, dass dieser Beweis im Widerspruch steht gegen die sonstigen Lehren der Analytik. Er widerstreitet sowohl der Behauptung, dass es real existirende Dinge ausser uns giebt oder geben mag, wie der Consequenz aus der Deduction, dass die Kategorieen keinen transcendentalen Gebrauch zulassen. Denn selbst als Vorstellung von Etwas überhaupt $= x =$ Nichts bleibt der transcendentale Gegenstand doch immer noch Vorstellung, die allein durch die synthetische Function der Kategorieen gewonnen werden kann. Der Beweis fällt überdies ganz in sich zusammen, sobald man die später zu erörternde Lehre von Ich als Ding an sich hinzunimmt. Denn nach dieser ist dasselbe Ich, das sich uns als Einheit des Bewusstseins darstellt, ebenfalls nur ein Etwas überhaupt $= x$, das — für uns nichts ist. Wie aber das Nichts von Ich das Nichts von Ding aus sich hervortreiben, und doch seinem Begriffe nach mit ihm identisch sein kann, das ist uns vorläufig, vielleicht auch später unerfindlich. Auch in sich endlich ist der Beweis unklar und fehlerhaft. Das πρῶτον ψεῦδος desselben liegt in der Vermischung des empirischen und transcen-

dentalen Objects. Nicht das letztere, sondern das erstere kann
es nach Kant nur sein, das jene Notwendigkeit mit sich
führt; — es bewirkt dieselbe durch die in ihm auf das
Mannigfaltige bezogene Einheit der Apperception, welche den
formenden, bestimmendeu Kategorieen zu Grunde liegt. Die
Einheit des Gegenstandes ist doch nur die Einheit meiner
Vorstellung, die im letzten Grunde auf die Einheit des Bewusstseins hinweist. Allerdings ist sie nicht die einzige Ursache derselben; eine Zweite liegt, wie jede Erkenntnisstheorie annehmen muss, in der Natur des — gleichgiltig wie
bestimmten — Dinges selbst. Die erste dieser Ursachen bedingt überhaupt die Möglichkeit dieser Einheit des Gegenstandes; die zweite bestimmt die Art des Zusammenhangs,
in dem dieselbe sich geltend macht. Diese beiden Momente
sind es, die Kant hier vermischt, vermischen musste zwar,
wenn er sich nicht in neue Incongruenzen verwickeln wollte,
die in seinem Begriffe des transcendentalen Objects noch
versteckt liegen. Hierüber jedoch später. Es wird über-
flüssig sein, den nichts weniger als einwurfsfreien Gang der
Beweise wie ihr Verhältniss zu einander eingehender zu er-
örtern. Es genüge Folgendes. Beide Beweise machen von
den Kategorien der Quantität, der Modalität und der Relation
teils offenen, teils versteckten transcendentalen Gebrauch.
Der erste fügt die Kategorien der Qualität hinzu (Nichts);
er behauptet, der Gegenstand sei Etwas überhaupt $= x$,
weil er nichts sei; hieraus schliesst er, dass derselbe, da die
Beziehung auf ein transcendentales Object doch einmal da
ist, nichts als die Einheit der Apperception sei!
Der zweite verfährt fast noch mutiger. Er beweist durch
einen Schluss aus zwei Mittelbegriffen, der überdies eine
Diallele involvirt, dass der Begriff des transcendentalen Objects rein von aller Anschauung, folglich inhaltsleer, folglich
einerlei $= x$ ist. Er ist nicht mehr $=$ Nichts, sondern —
Gegenstand der Erscheinung, (wahrer Gegenstand p. 611).

Da er keine bestimmte Anschauung enthält, betrifft er die Einheit der Beziehung auf einen Gegenstand! Diese ist die Einheit des Bewusstseins. Also ist er selbst dieser gleich! — Es bleibt nur noch die Frage übrig, wie diese Gedankenreihe der oben erörterten Deduction einverleibt werden konnte, ohne dass Kant den grellen Ausklang bemerkte, der hierdurch in die einigermassen gleichlautende allgemeine Entwickelung hineingeriet. Nur auf eine Weise lässt sich dieselbe beantworten. Wir müssen annehmen, was wir später noch oft bestätigt finden werden, dass die Schwierigkeiten, die in seiner Fassung des Dinges oder transcendentalen Objects lagen, von Kant mehr oder weniger deutlich bemerkt waren; dass wir in den eben besprochenen Beweisen einen Versuch sehen, wie uns noch mehrere begegnen werden, jene Schwierigkeiten zu lösen; dass er ihn in der ersten Auflage stehen liess, weil er weder die Consequenzen des „Gegeben-Seins" noch die jener Vermischung des transcendentalen Objects mit der Einheit des Bewusstseins zu Ende gedacht hatte, als er die erste Auflage heraus gab, dass endlich der Vorwurf, seine Lehre sei berkeleyscher Idealismus, ihn veranlasste, jene allerdings demselben sehr ähnliche Gedankenreihe in der zweiten Auflage zu unterdrücken. Welche anderen Lösungsversuche den Standpunct der zweiten Auflage kennzeichnen, wird sich später ergeben.

Noch von einer andern Seite müssen wir uns die Stellung des Dinges an sich oder des transcendentalen Objects zu verdeutlichen suchen, wollen wir seinen Zusammenhang mit den Theoremen des Kriticismus vollständig verstehen. Wir sahen, die transcendentale Aesthetik behauptet zwar die absolute Idealität der sinnlichen Formen, sie setzt jedoch das Ding an sich als existirend voraus; es zeigte sich ferner, dass die Analytik ebenso den Kategorien zwar den transcendentalen Gebrauch abspricht, dass sie aber dennoch behauptet, teils das Mannigfaltige werde durch ein für sich wirkliches Object gegeben, teils ein transcendentales Object sei möglich. Dieser letzte Punct enthält noch eine Unklarheit, die wir verdeutlichen können, indem wir noch in anderer Weise als vorher auf den Sinn des „Gegebenseins" eingehen. Dies führt uns zu Kants drittem Begriffe der Realität, der nicht wie die beiden bisher besprochenen auf die Anwendung resp. Beziehung der apriorischen Formen unserer Erkenntniss geht, sondern die Existenz der Gegenstände betrifft. Er findet sich ebenfalls nur in der Analytik. Dieser dritte Begriff ist die Kategorie der Realität. „Wenn wir alle möglichen Prädicate nicht blos logisch, sondern transcendental, d. i. nach ihrem Inhalt, der an ihnen *a priori* gedacht werden kann, erwägen, so finden wir, dass durch einige derselben ein Sein, durch andere ein blosses Nichtsein vorgestellt wird." „Eine transcendentale Verneinung bedeutet das Nichtsein an sich selbst, dem die transcendentale Bejahung entgegengesetzt wird, welche ein Etwas ist, dessen Begriff an sich selbst schon ein Sein ausdrückt und daher Realität (Sachheit) genannt wird, weil durch sie allein und soweit sie reicht Gegenstände, Etwas (Dinge) sind" (395). Die Kategorie der Realität ist also in transcendentalem Sinne ein Etwas, dessen Begriff an sich selbst schon ein Sein ausdrückt. Andererseits lehrt uns die Kategorieentafel, sie sei diejenige Kategorie, die nur durch ein bejahendes Urteil gedacht werden kann (215). Hiermit jedoch haben wir, wie eine arg misshandelnde Anmerkung der ersten Auflage uns bedeutet, „blos dem Namen einer Sache andere und verständlichere Wörter untergelegt" (212), dagegen noch kein klares Merkmal des Begriffs angegeben. Die Kategorieen nämlich können nicht real definirt werden, d. i. die Möglichkeit ihrer Objecte lässt sich nicht verständlich machen, ohne dass wir uns sofort zu Bedingungen der Sinnlichkeit herablassen. In diesem Sinne können wir deshalb Realität im Gegensatze zur Negation nur dadurch erklären, dass wir „eine Zeit (als den Inbegriff von allem Sein) gedenken die entweder womit erfüllt oder leer ist" (213). Denn „Realität ist im reinen Verstandesbegriffe das, was einer Empfindung überhaupt correspondirt, dasjenige also, dessen Begriff an sich selbst ein Sein (in der Zeit) anzeigt. Negation ist das, dessen Begriff ein Nichtsein (in der Zeit) vorstellt. Die Entgegensetzung beider geschieht also in dem Unterschiede derselben Zeit, als einer erfüllten oder leeren Zeit" (44 vgl. 160). Realität ist Etwas, Negation ist Nichts (242).

Die Entwicklung dieser bei Kant weithin zerstreuten Definitionen wird uns zeigen, dass die Stellung des transcendentalen Objects zu ihnen eine ähnliche ist, wie die Stellung desselben zur objectiven Realität der reinen Begriffe.

Auch hier begnügen wir uns mit der Erörterung derjenigen Puncte, welche in näherer Beziehung zu unserm erkenntnisstheoretischen Problem stehen. Der erste dieser Puncte betrifft die wichtige Consequenz der Deduction, dass unsere Kategorieen keinen transcendentalen Gebrauch zulassen. Daraus folgt, dass wir auch hier keinen directen Weg finden werden, der uns zum Ding an sich führen könnte; wir müssen vielmehr im Auge behalten, dass die Realität wie jede andere Kategorie sich nur auf ein gegebenes Mannigfaltige beziehen kann.

Die obige Definition der Realität ferner war eine doppelte, eine „transcendentale", welche die Kategorie „im reinen Verstandesgebrauche" betrifft, und eine „reale", welche auf die Kategorie „in concreto", d. i. in ihrer Anwendung auf Erfahrung geht. Die „transcendentale" Definition war ebenfalls eine doppelte. Das Hauptstück vom Schematismus behauptet: Realität im reinen Verstandesbegriffe ist das, was einer Empfindung überhaupt correspondirt. · Die Dialektik sagt: Realität ist ein Etwas, dessen Begriff an sich selbst schon ein

Sein ausdrückt. Der Sinn der ersten Erklärung ist deutlich. Der Empfindung „überhaupt" correspondirt die Fähigkeit unseres Gemüts, durch Affection Vorstellungen zu bekommen; ihr correspondirt die subjective Fähigkeit (= Vermögen 82, = Kraft 568), wie der besonderen Empfindung — das transcendentale Object; wir müssten das wenigstens behaupten, wenn uns nicht verboten wäre, die Kategorie der Causalität auf das transcendentale Object anzuwenden. Wie aber ist denn jenes Vermögen zu denken, das der Empfindung überhaupt correspondirt? Es ist diejenige Kategorie, die nur durch ein bejahendes Urteil gedacht werden kann, behauptet die Analytik. Jene Fähigkeit Vorstellungen zu bekommen, ist Sinnlichkeit, erwiedert die Aesthetik (55 und mehrfach). Wir wollen bescheiden sein und nicht fragen, wie sich das zusammen verträgt; wir betrachten es nur als ein Beispiel für die überall citirte Bemerkung, dass die „beiden Stämme unserer Erkenntniss vielleicht aus einer gemeinschaftlichen, aber uns unbekannten Wurzel entspringen". — Die Realität war zweitens definirt als ein Etwas, dessen Begriff an sich schon ein Sein anzeigt. Aber „in dem blossen Begriffe eines Dinges kann gar kein Charakter, seines Daseins angetroffen werden." (196). Denn Sein ist kein reales Prädicat d. i. ein Begriff von irgend Etwas, das zu dem Begriffe eines Dinges hinzukommen könnte" (409). Etwas, dessen Begriff an sich selbst ein Sein anzeigt, ist also das Sein selbst, es ist, wie dieses, absolute Position. Realität und Dasein sind also identisch. Wie verträgt sich dies aber mit der Kategorieentafel? Dort ist die Realität eine Kategorie der Qualität, das Dasein eine Kategorie der Modalität. Leider giebt uns keine der „artigen Betrachtungen" — der Name soll vielleicht andeuten, wie unschuldiger Natur sie sind — über diesen Widerspruch der gepriesenen Tafel Auskunft. Wie verträgt sich mit dieser Tafel ferner die Identität von Sein und Sinnlichkeit, die aus dieser Gleichsetzung zwischen Realität und Dasein folgt?

Es zeigt sich schon aus dieser Erörterung der „transcendentalen" Definitionen, dass wir es auch hier lediglich mit einer unbewiesenen, wir möchten glauben, unbeweisbaren Voraussetzung des Dinges an sich zu tun haben. Dies wird unzweifelhaft, wenn wir jene „realen" Definitionen, die aus den beiden besprochenen folgen, näher betrachten. Die erste jener Erklärungen ergiebt, dass die Realität „in concreto" dasjenige ist, was der Empfindung in der empirischen Anschauung correspondirt (160). Da die Zeit nur die Form der Anschauung, mithin der Gegenstände als Erscheinungen ist, so ist das, was an diesen der Empfindung entspricht, nach Kants Ausdruck „die transcendentale Materie aller Gegenstände als Dinge an sich" (144). Die Realität in der Erscheinung ist daher das, was der Empfindung correspondirt (399 cf. 483), sie ist Empfindungsvorstellung im eigentlichen Sinne (IV 55). Die eigentümliche Ungenauigkeit dieses Ausdrucks der „Empfindung correspondiren" ist ein weiterer Beweis dafür, dass jene oben entwickelte Theorie des Gegebenseins bei Kant nicht ganz zur Klarheit gekommen ist. Der Empfindung kann „in der empirischen Anschauung" nichts correspondiren, denn deren Materie ist die Empfindung selbst; auch für die Erscheinung bleibt der Ausdruck schief.

Wichtigere Aufschlüsse giebt uns die zweite reale Definition der Realität, welche wir auf Grund der erwiesenen Identität von Realität und Dasein in dem Grundsatz der Wirklichkeit, dem zweiten Postulat des empirischen Denkens finden. Die Wirklichkeit bestimmt Kant folgendermassen. „Wirklich ist, was mit den materialen Bedingungen der Erfahrung (Empfindung) zusammenhängt" (196 vgl. 196, 197), oder „was mit der Wahrnehmung nach Gesetzen des empirischen Fortgangs in Context steht" (348 vgl. 602). „Ein

Object ist also wirklich, wenn es mit der Wahrnehmung (Empfindung) in Zusammenhang und durch diese vermittelst des Verstandes bestimmt ist" (204). Wirklich also ist zunächst die Wahrnehmung selbst (197, 602); sie ist die Wirklichkeit einer empirischen Vorstellung. Denn da sie die einzige Vorstellung der Wirklichkeit ist und alle Wirklichkeit andererseits nur Vorstellung ist, so bedeutet der Ausdruck, sie stellt etwas Wirkliches im Raume vor (601), nichts anderes als: sie ist das Wirkliche selbst. Wenn schon demnach alle Wahrnehmung Wirklichkeit ist, so ist doch nicht umgekehrt alle Wirklichkeit Wahrnehmung. Wirklich ist auch, was mit der Wahrnehmung nach empirischen Gesetzen verknüpft ist, „obgleich es unmittelbar nicht wahrgenommen wird" (203). Wir können deshalb auch vor der Wahrnehmung eines Dinges, d. i. comparativ *a priori* das Dasein derselben erkennen, wenn es nur mit einigen Wahrnehmungen zusammenhängt. Denn dann können wir zu dem Dinge „nach dem Leitfaden der Analogieen von unserer wirklichen Wahrnehmung in der Reihe möglicher Wahrnehmungen gelangen" (197). So erkennen wir mittelbar das Dasein einer magnetischen Materie, wenn schon unsere Sinne uns eine unmittelbare Wahrnehmung nicht gestatten, denn wir würden „in einer Erfahrung auf die unmittelbare empirische Anschauung derselben stossen, wenn unsere Sinne feiner wären", da deren Grobheit die Form möglicher Erfahrung überhaupt nichts angeht. — Diese Erweiterung des Begriffes der Wirklichkeit erfordert für einen Augenblick unsere Aufmerksamkeit. Dieselbe verträgt sich mit dem strengeren kantischen Gedanken nicht, so sehr sie einem offenbaren Bedürfniss der Erkenntnisstheorie mit Recht entgegenkommt. Denn mögliche Erfahrung ist die Bedingung der Anwendbarkeit für die Kategorieen, so auch für das Dasein und die Causalität. Die Möglichkeit der Erfahrung aber setzt, wie sich gleich zeigen wird, die Unveränderlichkeit der apriorischen Formen der Sinnlichkeit und des Verstandes voraus. Das Postulat der Wirklichkeit muss für die Materie der Sinnlichkeit dieselbe Voraussetzung machen, will es nicht ohne genügenden Grund den Zusammenhang des Bestimmbaren und Bestimmenden in der Sinnlichkeit zerreissen. Darin liegt zugleich ein Eingriff in die unerkennbare Region des Dinges an sich. Es ist also irrig zu behaupten, dass die Form möglicher Erfahrung in keinem Zusammenhange stehe mit der Grobheit der Empfindung. Macht aber die „Feinheit" der magnetischen Materie, dass sie für uns unanschaubar wird, so verliert für sie der Schluss von der Wirkung auf die Ursache seine Giltigkeit. Die erscheinende Wirkung gestattet zwar die Anwendung der Kategorie der Causalität, die unanschaubare Natur der Ursache verbietet jedoch die Anwendung der Kategorie des Daseins oder der Realität. Auch die vorsichtigere Behauptung Kants, dass wir durch die Analogieen zwar auf ein Dasein schliessen, es jedoch nicht bestimmt erkennen könnten (167), ist daher mit diesem strengeren Gedanken, dessen Enge sich hier deutlich fühlbar macht, nicht vereinbar.

Dies wird noch deutlicher werden, wenn wir den Begriff der Möglichkeit, der uns auch später noch mehrfach beschäftigen wird, der Betrachtung unterziehen. Kant unterscheidet eine dreifache Möglichkeit, die logische des Begriffes, die reale oder transcendentale (416) des Gegenstandes und die absolute desselben. Die logische Möglichkeit beruht auf dem Satze des Widerspruchs (214, 408, 416). Ein Begriff ist also (logisch) möglich, wenn er sich nicht widerspricht. Ein logisch möglicher Begriff kann jedoch leer, d. i. ohne Beziehung auf einen Gegenstand sein; er ist es, sobald er nicht in dem Umkreis der Erfahrung sich befindet, sei es als ein solcher, der nicht aus ihr entstanden ist, oder als ein solcher, der ihr nicht zu Grunde liegt (194, 565). Solche „gedichtete Begriffe" (194) oder „leere Hirngespinste" (511) sind

z. B. eine Anziehungskraft ohne alle Berührung, eine Substanz, die ohne Undurchdringlichkeit im Raume gegenwärtig ist, ein Verstand, der vermögend ist, ohne Sinne anzuschauen (511 vgl. 195. 200). Mit ihnen operiren heisst mit den Vorstellungen spielen (151). Der Begriff aber für sich ist nur die Form eines Gedankens; als solcher ist er zunächst nur ein Product der Einbildungskraft oder des Verstandes, von dessen Gegenstand die Möglichkeit noch zweifelhaft bleibt (196); die logische Möglichkeit des Begriffes insolvirt keineswegs die reale seines Gegenstandes. „Das Blendwerk“, die erstere der letzteren unterzuschieben, „kann nur Unversuchte hintergehen und zufriedenstellen“ (214). Real möglich ist, so lehrt das erste Postulat des empirischen Denkens, was mit den formalen Bedingungen der Erfahrung (der Anschauung und den Begriffen nach) übereinkommt. Ein Gegenstand ist also real möglich, wenn sein Begriff mit den formalen Bedingungen der Erfahrung zusammenstimmt (193), d. i. wenn er blos im Verstaude mit jenen Bedingungen in Verknüpfung ist (204, 205). Wir können also, ohne Erfahrung selbst vorauszuschicken, „blos in Beziehung auf die formalen Bedingungen, unter welchen in ihr überhaupt etwas als Gegenstand bestimmt wird, mithin völlig *a priori*, aber doch nur in Beziehung auf sie und innerhalb ihrer Grenzen die Möglichkeit der Gegenstände erkennen.“ (196, 194). Ein Gegenstand ist demnach unmöglich, wenn er unabhängig von unsern Erfahrungsbegriffen (390) oder im Widerspruch mit jenen Formen gedacht wird.. — Der Begriff des absolut Möglichen ist nach dem üblichen Sprachgebrauch ein doppelter (263). Ein Gegenstand ist absolut möglich, kann heissen, er ist an sich selbst *(interne)* möglich, dies ist „in der That das Wenigste, was man von einem Gegenstande sagen kann“. Dasselbe kann ferner bedeuten, er ist in aller Absicht, in aller Beziehung möglich; dies ist das Meiste, was man von einem Dinge sagen kann,

Wir können die erstere Möglichkeit die innere (263), die letztere im engeren Sinne die absolute nennen (263, 203). Die genauere Unterscheidung beider Begriffe (263 ff.) können wir hier übergehen, das Verhältniss der drei Begriffe des Möglichen müssen wir dagegen eingehend prüfen. Es ist zunächst klar, dass nur die reale Möglichkeit ein Grundsatz aus der Kategorie der Modalität sein kann; weder die Widerspruchslosigkeit des Begriffes, noch die absolute Möglichkeit stehen zu ihr in näherem Zusammenhang. Damit soll jedoch nicht behauptet sein, dass jener Zusammenhang der realen Möglichkeit mit der Kategorie deutlich oder denkbar sei. Kant hat gar nicht versucht, denselben zu erklären; es wäre auch einigermassen schwer gewesen, die apriorischen Bedingungen der Anschauung, die das Postulat einschliesst, .aus der Kategorie zu deduciren. Der Begriff der realen Möglichkeit ist ferner teils auffallend eng, teils auffallend weit. Er ist ersteres, insofern seine Definition die Voraussetzung involvirt, dass eine Aenderung der jetzigen Formen unserer Anschauung nicht eintreten wird. Es würde müssig sein, dies zu erwähnen, wenn Kant sich auch für das Postulat der Wirklichkeit an diese verständig gezogene Schranke für gebunden erachtet hätte. Unser Begriff ist ferner auffallend weit. Dies zeigt sich am klarsten durch eine Vergleichung desselben mit der logischen Möglichkeit. Nur scheinbar nämlich ist diese weiter, als die reale. Denn ein Begriff, der den Formen der Anschauung und des Verstandes, die ihn gebildet haben, widerspricht, ist unmöglich, Begriffe dagegen, in denen das verknüpfte Mannigfaltige nicht zusammenstimmt, sind dennoch immer jenen Formen gemäss. Eine Anziehungskraft ohne alle Berührung ist allerdings, wenn Newton Recht hat, ein sich selbst widersprechender Begriff, aber derselbe widerspricht doch nicht den leeren Formen des Raumes und der Causalität? Der Begriff eines anschauenden Verstandes stimmt allerdings ,mit den Formen unserer Erfahrung nicht zusammen, aber derselbe ist auch nichts, Schall und Rauch. Logische und reale Möglichkeit stehen sich ferner nicht so gegenüber, dass das Kriterium der ersteren in dem Satze des Widerspruchs, der letzteren dagegen in jenem Postulat läge. Der Satz des Widerspruchs liegt beiden vielmehr gleichmässig zu Grunde. — Der Begriff der absoluten Möglichkeit endlich steht ganz ausserhalb des kritischen Systems, so einflussreich er sich in versteckter Anwendung geltend macht; er ist lediglich eine Nachwirkung des dogmatischen Schlummers, von dem der grosse Denker sich nie ganz befreien konnte. Dass er ohne Zusammenhang ist mit dem kritischen Grundgedanken, ergiebt sich leicht. Sofern er gleich der inneren Möglichkeit ist, hat er keine Anwendung, weder auf die Dinge überhaupt des Verstandes, noch auf die Erscheinungen. Nicht auf die ersteren, denn „an einem Gegenstande des reinen Verstandes ist nur dasjenige innerlich, welches gar keine Beziehung (dem Dasein nach) auf irgend etwas von ihm Verschiedenes hat" (228); nicht auf die letzteren, denn die Dinge, sofern sie Gegenstände der Anschauung sind, drücken blosse Verhältnisse aus, „ohne etwas Inneres zu Grunde zu haben", darum, weil sie nicht Dinge an sich selbst, sondern lediglich Erscheinungen sind (239). Nicht besser steht es um das in aller Beziehung Mögliche. Dasselbe ist „kein blosser Verstandsbegriff und kann auf keine Weise von empirischem Gebrauche sein, sondern es gehört allein der Vernunft zu, die über 'allen möglichen empirischen Verstandesgebrauch hinausgeht" (203). Dass dieses absolut Mögliche ebenfalls ohne empirischen Sinn ist, könnte uns hier genügen, zeigt doch auch die Analytik, dass es zwar zu „artigen Fragen", aber doch nur zu „armseligen Schlüssen" Veranlassung bietet (202 ff.); wir wollen jedoch gleich erwähnen, dass auch die Dialektik nichts aufzuweisen vermag, was uns einsehen liesse, mit welchem Recht wir diesen Vernunftbegriff bilden.

Wir kehren nach dieser notwendigen Abschweifung zu dem Begriff des Wirklichen zurück. Wir bemerken zuerst, dass sein Verhältniss zur Kategorie des Daseins in anderer Weise von dem eigentlich erforderlichen Verhältniss des Grundsatzes zur Kategorie abweicht, als das Postulat des Möglichen. Das zweite Postulat tritt in eine so enge Beziehung zur Empfindung resp. Wahrnehmung, dass es schwer wird, den Sinn seiner Apriorität festzuhalten. Dies zeigt sich deutlich durch eine Vergleichung beider Grundsätze. Das Wirkliche enthält nicht mehr als das blos Mögliche: es ist zwischen beiden nur ein Unterschied der Setzung. „Durch die Wirklichkeit eines Dinges setze ich freilich mehr, als die Möglichkeit, aber nicht in dem Dinge; denn das kann niemals mehr in der Wirklichkeit enthalten, als was in dessen vollständiger Möglichkeit enthalten war" (205). Die Möglichkeit ist die Position eines Dinges in Beziehung auf den empirischen Gebrauch des Verstandes; die Wirklichkeit ist zugleich eine Verknüpfung desselben mit der Wahrnehmung (205). Dieses „Mehr" in der Setzung macht, dass in dem blossen Begriffe eines Dinges gar kein Charakter seines Daseins liegt, dass wir aus demselben herausgehen müssen, um diesem Existenz zu erteilen (410). Für Gegenstände der Sinne geschieht dies durch die Wahrnehmung, „bei Objecten des reinen Denkens giebt es jedoch gar kein Mittel, ihr Dasein zu erkennen, weil es gänzlich *a priori* erkannt werden müsste, unser Bewusstsein der Existenz aber gehört ganz und gar zur Einheit der Erfahrung, und eine Existenz ausser diesem Felde ist eine Voraussetzung, die wir durch nichts rechtfertigen können" (411). Hieraus geht hervor, in wie enger Beziehung die Wahrnehmung zu Postulat und Kategorie des Daseins steht. Wir gewinnen dadurch das beachtenswerte Resultat, dass gerade die Kategorie des

Daseins es 'ist, welche die Existenz des Dinges am notwendigsten voraussetzen muss, trotzdem ihr der transcendentale Gebrauch verboten ist. Das Licht, in dem hierdurch ein Teil der Kategorieen-Tafel sich darstellt, hebt uns noch einen Punct hervor. Dies ist die Inconsequenz, welche sich nach derselben in der letzt citirten Bemerkung findet. Mit demselben Rechte nämlich, mit dem Kant trotz des lediglich empirischen Gebrauches der Kategorieen von Gegenständen des reinen Verstandes redet, mit dem er also behauptet, ein Teil der Kategorieen könne für sich Objecte bestimmen, mit demselben müsste er auch annehmen, dass die Kategorieen des Daseins und der Realität auf sie Anwendung finden. Kann ich solche Gegenstände durch die Kategorieen einmal bilden, so kann ich durch dieselben auch ihr Dasein bestimmen. Eine doppelte Reihe von Inconsequenzen macht sich in dieser Behauptung geltend. Die Glieder der ersten bestehen in den Annahmen: dass es Dinge überhaupt als Gegenstände des transcendentalen (= reinen) Gebrauches der Kategorieen giebt, dass diese gleich den Dingen an sich sind, trotzdem jener Gebrauch für diese nicht gelten soll; die Glieder der zweiten sind: die zu enge Verbettung der Kategorie des Daseins mit der Wahrnehmung, sowie die dadurch provocirte Trennung dieser Kategorie von den übrigen. Beide Reihen zusammen führen zu der Behauptung, dass es zwar Gegenstände des reinen Verstandes giebt, dass deren Dasein aber nicht behauptet werden kann.*)

---

*) Der letzte Teil dieses Auszuges wird vollständig durch eine Erörterung der Lehre Kants von den Traumvorstellungen und Sinnestäuschungen, die hier zum Zweck der Raumersparniss fortgefallen ist.

Am 30. Mai 1851 wurde ich zu Guhrau bei Glogau geboren. Mein Vater, der noch in demselben Jahre nach Berlin übersiedelte, starb hier bereits 1853. Von Michaelis 1859 bis Michaelis 1864 besuchte ich die höhere Knabenschule des Herrn Dr. Wieprecht. Dann wurde ich in die Unter-Secunda der hiesigen königlichen Realschule aufgenommen, deren Prima ich Neujahr 1868, um Buchhändler zu werden, verliess. Noch in demselben Jahre trat ich von dieser Tätigkeit zurück. Michaelis 1869 nahm mich Herr Director Bonitz in die Oberprima des Gymnasiums zum grauen Kloster auf. Ostern 1870 erlangte ich daselbst das Zeugniss der Reife. Ich studirte dann bis Ostern 1871 hierselbst Philosophie unter Bonitz, Philologie unter Müllenhof, Tobler und Steinthal, Mathematik und Naturwissenschaften unter Kummer und Braun. In Heidelberg hörte ich im Sommer 1871 Philosophie bei Zeller, Mathematik bei Königsberger, Naturwissenschaften bei Kirchhof und Pagenstecher. Diese Studien setzte ich in Berlin unter Bonitz, Harms und Zeller, sowie unter Helmholtz fort. Zu grösstem Danke fühle ich mich Herrn Professor Bonitz verpflichtet, dessen Rat mich beim Studium der Philosophie wesentlich unterstützte.

Thesen.

I. Die Philosophie ist die Wissenschaft von den Formen des psychischen Geschehens. Ihre Aufgabe ist eine doppelte. Sie hat erstens das Wesen und den Zusammenhang der psychischen Tätigkeiten darzulegen, sie soll zweitens die normative Bedeutung derselben bestimmen. In erster Hinsicht ist sie Psychologie, in zweiter Lehre vom Erkennen, Ethik, Aesthetik. Die Lehre vom Erkennen zerfällt wiederum in Logik und Erkenntnisstheorie. Die Philosophie ist demnach allgemeine formale Geisteswissenschaft; ihr stehen die übrigen als materiale oder geschichtliche Geisteswissenschaften gegenüber.

II. Die Naturwissenschaften zerfallen ebenfalls in eine formale und mehrere materiale. Die erstere ist die Physik (Kinetik und empirische Physik, zu der auch die Chemie gehört). Ihr stehen gegenüber die geschichtlichen Naturwissenschaften: Kosmologie (Geologie); vergleichende Mineralogie, vergl. Botanik, vergl. Zoologie.

III. Das allgemeinste Problem der Erkenntnisstheorie ist die Frage nach dem Dasein der Dinge ausser uns. Ein directer Beweis, dass solche existiren, ist nach der Natur unseres Erkennens unmöglich. Auch ein allgemeingiltiger indirecter Beweis lässt sich nicht führen. Denn der (negative) Nachweis, dass der subjective Idealismus die Tatsache der Erfahrung nicht zu construiren vermag, kann sich nicht auf alle möglichen Entwicklungsformen desselben beziehen.

IV. Leibnitz hatte im Jahre 1686 mit seinem System noch nicht abgeschlossen. Dies beweist sein Briefwechsel mit Arnauld. Sowohl der *discours de Metaphysique* als der

Brief an Arnauld vom Juni 1686 lassen erkennen, dass er mehrere wichtige Momente seines späteren Spiritualismus teils noch mechanistisch, teils erst unsicher spiritualistisch bestimmt. So ist ihm die Materie noch ein Selbständiges neben den *formes substantielles*. Der wenig spätere Brief an Foucher sowie der Brief an Arnauld vom November 1686 zeigen, dass diese Ueberzeugungen durch eine Wendung zum Spiritualismus in Schwanken geraten sind. Erst in den Briefen vom April und October 1687 haben dieselben durch eine nunmehr rein spiritualistische Grundlegung einen neuen Schwerpunct erhalten.

V. Die mehrfach behauptete Schwierigkeit, die leibnitzische Lehre von der prästabilirten Harmonie mit seinen anderen metaphysischen Theoremen zu vereinigen, fällt fort, sobald man genügend berücksichtigt, dass der leibnitzische Begriff der Materie ein doppelter ist.